AF330475

HOMMAGE

A

JACQUES DELILLE.

PAR LOUIS LEDIEU.

Professione pictatis aut laudatus erit,
aut excusatus.

TAC. *Agr.*

A PARIS,

CHEZ VERDIÈRE, LIBRAIRE, QUAI DES AUGUSTINS, N.º 27.

DE L'IMPRIMERIE D'ADEL LANOE, RUE DE LA HARPE, N.º 78.

1813.

LE CHÊNE ET L'ORMEAU.

APOLOGUE.

A M. DELILLE.

FÉVRIER 1812.

Phœbe, fave ; novus ingreditur tua templa Sacerdos.

Tib. *Lib.* 2, *Eleg.* 5.

Un Chêne dans les cieux allait cacher son front,
  Et de sa cîme centenaire,
  Donnait une ombre salutaire
Et versait la fraîcheur à l'entour de son tronc.
D'une immense forêt seul et précieux reste,
Il avait vu l'Automne, à ses vieux compagnons
Arracher leur parure, en joncher les vallons,
  Et la hache funeste
  Des implacables bûcherons,

Frapper, abattre et rouler dans la poudre,
Ces arbres si long-tems épargnés par la foudre...

Pour lui, chéri des Dieux et révéré du sort,
Des vents et de la hache il a bravé l'effort ;
Il ne sent pas des ans l'inévitable outrage ;
Toujours le même verd colore son feuillage ;
    Et prenant son premier essor,
C'est à lui que l'oiseau vole offrir son hommage.

Tandis qu'auprès de lui, confusément épars,
De frêles arbrisseaux, fiers d'entourer leur maître,
    Croissent de toutes parts ;
    Un Ormeau qui venait de naître,
Du monarque des bois attire les regards.
Il le voit redoutant les coups de la tempête :
« Jeune arbrisseau, dit-il, courage, étends les bras ;
» Dans les cieux, près de moi, viens balancer la tête ;
» Que l'habitant des airs te doive sa retraite ;
» Et qu'à la fleur de l'âge, aux jours de ses appas,
» La bergère fidèle à ton ombre discrète,
» Pour trouver le bonheur y dirige ses pas !

— « Nestor de ces forêts, lui répondit l'arbuste,
» De tes sages conseils je connais tout le prix.
» Ah ! puissent les Destins par mes vœux attendris,
» Puisse du Ciel la bonté toujours juste,
    » De tes ans prolonger le cours !

» Puisse un siècle nouveau te voir régner toujours!
    » Mais c'est en vain que ta voix m'encourage
» A lancer dans les airs mes débiles rameaux :
» Si tu veux que bientôt mon timide feuillage,
» Devenu plus hardi, domine mes rivaux,
» Lutte contre les vents, abrite les oiseaux,
» Et couvre les plaisirs des amans du village;
» Protège mes efforts, prête-moi ton ombrage,
    » Conjure le Dieu des troupeaux
» De préserver mon pied de leur injuste rage,
    » Et défends-moi des vents et de l'orage ».

Le Chêne se rendit à des vœux si pressans :
Il protégea l'Ormeau, dont les rameaux naissans
Sur ses rivaux bientôt obtinrent l'avantage.

    Permettez, DELILLE, en ce jour,
Que d'un faible arbrisseau j'emprunte le langage.
De l'admiration, du respect, de l'amour,
    J'osai jadis vous présenter l'hommage.
Pour ne déplaire pas je fus assez heureux;
Et votre bienveillance, attisant mon audace,
    Bientôt après de l'aride Parnasse
Me pressa de tenter les sentiers dangereux.

DELILLE, c'est à vous, idole de la France,
A la charmer toujours par vos sublimes vers!

Que le siècle nouveau, pour de nouveaux concerts,
Prolonge encor votre existence !
Mais, loin d'encourager mon impuissante voix,
Tout me dit que je dois
Et vous admirer et me taire.
Ma Muse, pour vous plaire,
A vos desirs a souscrit toutefois ;
Mais vous, sensible à ma prière,
Ce que le Chêne fit, daignerez-vous le faire ?

L'ÉLÉGIE sur la mort d'un Rosier a été composée quelques jours après l'apologue du Chêne et de l'Ormeau. Impatient de me prouver qu'il avait souscrit à ma demande, M. DELILLE me pressait de travailler, et de lui montrer quelque chose. Heureux d'avoir à satisfaire de pareils desirs, je fis cette Élégie. Je ne l'aurais pas insérée dans ce recueil, où je ne voulais réunir que ce que j'avais fait pour M. DELILLE, si elle ne m'avait paru nécessaire pour justifier les vers suivans qui en étaient l'envoi.

A M. DELILLE.

DES chants d'une Muse novice,
DELILLE, c'est à vous que j'offre la primeur.
   Honorez d'un accueil propice
Ces vers, où malgré moi s'épancha ma douleur;
   Où d'un Rosier et d'une Amie

Je déplorai la mort, en maudissant la vie.
Je le sais, ces regrets, ce langage du cœur,
Vont armer contre moi plus d'un censeur austère ;
Mais j'oppose à leur blâme un espoir bien flatteur,
L'hommage de ces chants ne saurait vous déplaire.

        Avec plaisir on voit la fleur
Que chérit le Soleil, que son éclat colore,
        Se tourner vers son bienfaiteur,
Pour le remercier de l'avoir fait éclore,
Et de son front doré lui montrer la splendeur.

A UN ROSIER MOURANT.

ÉLÉGIE.

Toi que, dès la naissante Aurore,
　　Arrosait ma soigneuse main;
Toi que plus assidue elle arrosait encore,
　　Lorsque le Jour, à son déclin,
Fuyait devant la Nuit qui s'empressait d'éclore :
　　　　Arbuste cher, toi dont la fleur
　　　　Devait parer ma solitude
　　　　Et la remplir de son odeur,
　　　　Objet de ma sollicitude,
　　　　Doux Rosier, tu péris, hélas !
　　　　Et je ne puis sauver ta tige
　　　　Des injustes coups du Trépas !

Que n'ai-je, pour charmer le regret qui m'afflige,
L'espérance de voir, par un nouveau prodige,
Sur ton pied desséché refleurir tes appas?
　　Mais non : tu meurs pour ne renaître pas !
Tu meurs ! Ni le Printemps ranimant la Nature,
　　Ni du Zéphir le souffle bienfaiteur,
Ni d'un soleil nouveau la féconde chaleur,
　　　Ni la fraîcheur d'une onde pure ;
Rien n'a pu de ta sève animer la langueur ;
Rien n'a pu de ton front conserver la verdure ;
Tu meurs !... Naguère encor, je voyais tes rameaux,
　　Chaque matin, à leur parure
　　Ajouter des attraits nouveaux ;
Toujours à mon réveil je les trouvais plus beaux :
Fidèle à mon espoir, chaque nuit faisait naître
Quelques feuilles, doux prix de mes soins assidus !
Chaque aurore un bouton s'efforçait de paraître :
Mais enfin, des plaisirs si long-temps attendus,
Le moment me sourit, j'aperçois une Rose,
Qui, parmi la verdure, étalant sa rougeur,
Avec le jour naissant disputait de fraîcheur.
Sur elle avec plaisir mon regard se repose ;
J'admire tour-à-tour son éclat, sa candeur,
Et plein d'émotion j'en savoure l'odeur.

　　O courte joie ! ô plaisir éphémère !
　　　J'ignore quel souffle impur,
　　　Pénétrant l'écorce légère,
Dissipa mon ivresse, et d'un bonheur futur
Emporta l'espérance, hélas ! trop mensongère.

Je me refuse encore à de justes soupçons....
      Cependant, sur l'arbre que j'aime,
La feuille sans ressort fléchit sous elle-même ;
Et mon dernier espoir, les fragiles boutons,
Sur leurs rameaux flétris laissent tomber leurs fronts !

Comment d'un mal si prompt combattre le ravage ?....
Redoutant du soleil un rayon trop ardent,
A l'arbuste ma main prépare un doux ombrage ;
Son pied d'une eau limpide est baigné plus souvent ;
De la fraîcheur des nuits la cloche le défend.....
Tout est vain ! la pâleur a terni son feuillage ;
      Son tronc se dépouille et noircit ;
      Tandis que la fleur en poussière,
    S'envole, tombe et retourne à la terre,
      Qui la fit naître et la nourrit.

Ainsi mes yeux t'ont vue, aimable Léonore,
Pâlir, sécher, languir et descendre au tombeau,
Quand de ta vie à peine avait brillé l'aurore,
Quand l'espoir t'entourait d'un avenir si beau !
Innocente, sensible, hélas ! Par quelle offense,
Pouvais-tu mériter un sort si rigoureux ?
Mais je connais du Ciel la jalouse puissance,
Nous étions criminels, nous étions trop heureux !
      Un tel forfait criait vengeance !
Le Ciel punit toujours de pareils attentats !
Et malgré tes vertus, ta jeunesse, tes charmes,

Sourd à nos vœux, sourd à nos larmes,
Sur toi, dans sa colère, il lança le trépas !

D'un père chancelant au bout de sa carrière,
Ta tendresse pieuse étayait les vieux ans.
Le malheureux a fermé ta paupière !...
O douleur ! et tes yeux mourans
Sur ta couche funèbre ont vu pleurer ta mère,
Tandis qu'auprès de toi, mes sanglots impuissans,
S'opposaient, mais en vain, à ton heure dernière.

Léonore ! ombre chère ! ah ! si ma faible voix
Avec succès un jour ose se faire entendre,
Je le jure aujourd'hui, pour la seconde fois,
J'obtiendrai des pleurs à ta cendre !
Tous les cœurs attendris sur ton malheureux sort,
Rediront les accens de l'ami le plus tendre,
Et partageant son deuil, gémiront sur ta mort !

Naturæ imperio gemimus, cùm funus adultæ
Virginis occurrit.

Juv. *Sat.* 15.

LE RETOUR DU PRINTEMS.

A M. DELILLE.

Votis jam nunc assuesce vocari.

Virg. *Géorg.*

Las d'enchaîner le monde enfin l'Hiver expire,
Le souffle des Autans ne trouble plus les airs,
Et Zéphir de retour a vengé l'Univers
     D'un tyrannique empire.

La Terre a retrouvé son tapis verdoyant,
Rien ne nous cache plus le Dieu de la lumière,
Et vainqueur de la Nuit, déjà le Jour plus lent
     Prolonge sa carrière.

La Seine dans son lit a resserré ses flots :
On la voit épurer son onde limoneuse,
Peindre l'azur des cieux dans l'azur de ses eaux,
     Et rouler moins fougueuse.

Déjà le bourgeon s'enfle et brise sa prison ;
Déjà des bois touffus, cherchant l'ombre discrète,
L'amante et son amant vont ravir au gazon
La tendre violette.

Déjà mille couleurs ont émaillé les champs,
Et de l'An qui renaît la prodigue jeunesse,
Rend à l'oiseau ses toits, sa pétulante ivresse,
Et sa voix du printemps.

Et toi, de la Nature éloquent interprète,
Tu ne viens pas, DELILLE, épiant son réveil,
Enflammer ton génie aux rayons du soleil,
Astre cher au poète !

Semblable au chantre ailé dont la brillante voix
Ne résonne qu'au mois de Vénus et de Flore ,
Attends-tu, pour charmer le silence des bois,
Que Mai vienne d'éclore ?

Ah ! plutôt, viens cueillir la primeur des beaux jours !
Visite les jardins, les bosquets, les prairies,
Et les champs où souvent nos âmes attendries
Méditent tes discours !

Mais des champs, mais des bois tu connais l'impuissance !
Leurs échos répondraient à tes accords touchans ;
Mais à ta voix, jamais ils n'uniraient les chants
De la reconnaissance.

Ces chants, viens les entendre au temple des Beaux-Arts(1),
Dans ce temple où, cédant aux efforts du génie,
Les mystères d'Hermès, d'Apollon, d'Uranie,
    Brillent à nos regards.

C'est-là que, chaque jour, une foule inquiète,
Écoutant ton disciple (2) et ses doctes leçons,
Craint pour toi les dangers, que de tendres soupçons
    Font planer sur ta tête.

Là, souvent quand nos yeux t'ont cherché, mais en vain,
Alarmés sur ton sort, incertains de ta vie,
Nous doutons que ta Gloire ait vaincu le Destin
    Aussi bien que l'Envie.

Viens au milieu de nous dissiper notre effroi!
Viens, pour nous rassurer comme tu sais nous plaire!
Viens, dis-nous que long-temps tu sauras te soustraire
    A la commune loi.

Tel, quand le sombre Hiver régnait sur la Nature,
Quand mes yeux contemplaient le deuil de nos climats,
Et les bois sans concerts, et les champs sans verdure,
    Sous un lit de frimas ;

Souvent l'astre du jour, dissipant un nuage,
Reprenait son éclat, et, doux consolateur,
Rendait le calme aux cieux, aux oiseaux leur ramage,
    Et l'espoir à mon cœur.

---

(1) Le Collége de France.
(2) M. Tissot, alors suppléant, et aujourd'hui successeur de M. Delille.

~~~~~~~~~~~~~~~~~~~~~~~~~

To u t le monde sait avec quel enthousiasme les jeunes gens qui suivent les cours du Collége de France recevaient M. DELILLE, lorsqu'il assistait à une leçon du cours de poésie latine. Malheureusement, le plaisir de le voir et de l'entendre était devenu bien rare. A peine les infirmités continuelles de ce grand poète lui permettaient de paraître de loin en loin, pour faire l'ouverture de son cours.

Il fut privé de cette satisfaction en décembre 1812, et les jeunes gens craignirent, avec raison, de ne pouvoir plus contempler des traits si chers, ou de n'avoir pas à dire un jour : J'ai vu DELILLE! Quelques-uns, instruits de son amitié pour moi, me chargèrent de lui communiquer leurs craintes, de lui faire part de leurs desirs, et de le prier de les satisfaire.

Il l'eût fait de suite, si, attentive à tout, intéressée à la conservation de son époux, madame Delille n'eût objecté au zèle de sa condescendance les rigueurs d'un hiver très-froid. Ces observations étaient trop justes pour que je fisse de nouvelles instances, qui auraient été d'autant plus déplacées, que M. DELILLE m'avait promis qu'*au beau temps il se ferait un plaisir de venir remercier ces bons jeunes gens de leur amitié pour lui.*
~~~~~~~~~~~~~~~~~~~~~~~~~

Vers le 15 avril, je crus pouvoir réclamer l'exécution de cette promesse, que j'avais souvent rappelée, et je composai les stances sur le retour du printemps, que j'adressai à M. Delille. Il les reçut avec sa bienveillance accoutumée, et lorsque je lui en eus fait la lecture : « Eh bien ! je veux rendre « aussi l'espoir à votre cœur, dit-il, j'assisterai à « une leçon de M. Tissot ». Et le jour fut fixé.

Long-temps avant l'heure, la cour du Collége de France était pleine de jeunes gens, qui attendaient avec impatience le moment où ils verraient paraître, escorté d'un demi-siècle de gloire, l'auteur étonnant de tant d'ouvrages si variés et si beaux. Préparées à le recevoir par les plus vifs applaudissemens, toutes les bouches redisaient son nom avec les plus grands éloges. Pour remercier M. Delille de sa bienveillance, et lui donner un gage de nos sentimens pour lui, un de mes amis devait poser sur sa tête une couronne de lauriers et de roses, à laquelle j'avais attaché ces vers, écrits à la hâte :

Des plus doux sentimens interprète docile,
Allez ceindre le front du moderne Virgile !
Allez, et pour charmer, au gré de nos desirs,
    Son espérance et sa mémoire,
Roses, à leur auteur, redites nos plaisirs,
    Lauriers, parlez-lui de sa gloire !

Ces préparatifs furent inutiles et nos espérances trompées ! M. Tissot commença la leçon, et au moment où M. Delille devait arriver, son épouse nous fit annoncer son indisposition subite, ses regrets et ses nouvelles promesses.

Je le visitai le lendemain ; il se portait mieux ; il me parla de la contrariété qu'il avait éprouvée la veille, et se proposa de nous faire oublier la nôtre, qui n'avait pas été moindre. Je le quittai avec un espoir nouveau, et quelques jours après, appelé par une invitation pressante de son épouse, je vais chez lui.... C'était pour assister à ses derniers momens !

Si quelque chose a pu alléger la douleur dont la mort de M. Delille a accablé ses amis, ce sont ses funérailles. L'histoire d'aucun homme de lettres ne présente un tableau si magnifique et si touchant. C'est sur-tout frappé d'un spectacle si beau, que Thomas se fût écrié : *La pompe funèbre de l'homme juste est le triomphe de la vertu qui retourne à l'Être-Suprême.* (Thomas, Élog. de Marc-Aurèle.)

DISCOURS

PRONONCÉ SUR LA TOMBE DE M. DELILLE.

Le 6 Mai 1813.

MESSIEURS,

Permettez à la jeunesse de s'approcher aussi de la tombe d'un grand homme, et d'y venir épancher sa douleur. Souffrez qu'elle y dépose, après vous, l'hommage de son admiration, de sa reconnaissance et de ses regrets. C'est à l'âge du sentiment sur-tout, à louer et à pleurer le poète du sentiment !

Cette qualification, qui la mérita mieux que M. DELILLE ? Relisez ses chefs-d'œuvre et ses nom-breux ouvrages; dans chacune de leurs pages vous retrouverez ses titres, humides encore des larmes qu'ils ont arrachées à vos yeux. Là, toujours c'est son âme qui parle, toujours c'est aux cœurs qu'elle s'adresse, toujours c'est de la vertu, c'est de la nature qu'elle les entretient, et vers le bien qu'elle les dirige.

Mais la sensibilité, caractère principal du poète illustre que nous regrettons, n'était pas seulement l'artifice et le charme de ses écrits : elle se manifestait dans toute sa conduite, dans ses affections, et il l'aimait dans les autres. Ce grand homme chérissait la jeunesse, et se glorifiait de son amitié. Lui demandait-on pourquoi : c'est, répondait-il, que chez elle c'est un sentiment. Serait-il vrai, et ce poète philosophe aurait-il reconnu que, dans un âge plus avancé, l'amitié n'est souvent plus qu'un calcul ?

Pour nous, fiers d'une préférence si honorable, nous avons toujours payé du plus tendre retour l'attachement de l'interprète de Virgile et de Milton. Naguère encore, nous voulions lui donner une nouvelle preuve de notre amour. Déjà cédant à nos instances, il se disposait à venir au milieu de nous : déjà la couronne tressée de nos mains allait ceindre son front ; déjà l'heure était arrivée : nous espérions..... Hélas ! et il n'y avait plus d'espoir !.... Nous nous étions réunis pour sa fête, et nous avons suivi sa pompe funèbre !

Homme immortel, la fatalité qui vient d'éteindre ton génie, n'a point éteint dans nos âmes le sentiment que tes talens et tes vertus y ont fait naître. Du séjour éternel, daigne abaisser tes regards sur ces lieux : vois-nous pressés autour de tes restes chéris, leur présenter nos dernières offrandes, et souris au serment que nous faisons, sur ta tombe, de t'aimer toujours, d'aimer toujours la vertu et la nature !

Ah ! si la voix de ton jeune ami peut encore émouvoir ton cœur, ô DELILLE ! ô mon maître! ô mon père ! (ta bienveillance me permettait, me demandait ces doux noms) entends-le déplorer une perte encore prématurée, ne trouver de consolation que dans l'expression de sa douleur, et, malheureux émule de l'épouse et des sœurs les plus tendres, jurer fidélité à ta mémoire, et assiduité à tes écrits et à ton monument.

L'ADOLESCENT

AU TOMBEAU DE DELILLE.

ÉLÉGIE.

Daphnim ad astra feremus, amavit nos quoque Daphuis.

Virg.. Egl. 5.

L'ASTRE éclatant de la lumière
Venait d'achever sa carrière,
De voiler son front radieux.
La Nuit, silencieuse reine,
Dans l'espace obscurci des cieux,
S'élançait sur son char d'ébène :
Phœbé de sa pâle lueur
Éclairait l'ombre encor nouvelle :
Tout se taisait, hors Philomèle ;
Tout reposait, hors la Douleur.

Encore au matin de son âge,
Dans le deuil, un Adolescent,

Pour un pieux pélerinage,
S'avançait d'un pas languissant
Vers ces lieux où la Mort entasse
Les dépouilles du genre humain.
Il arrive : alors nulle trace
Ne frayait le triste chemin.
Là, dans un sentier incertain,
Pensif, le jeune solitaire
Promène son regret profond :
La feuille frémit sur son front,
Sous son pied gémit la bruyère.

Enfin, au sommet d'un côteau,
Il s'arrête...... L'arbre vacille......
A travers la cime mobile,
La lune colore un tombeau......
Ses yeux lisent : Ci-gît Delille !
Et ses pleurs échappés soudain,
Arrosent la tombe isolée ;
Et les fleurs que jette sa main,
Vont émailler le mausolée ;
Et sur le tertre solennel
S'inclinant, accusant le Ciel :

« Tu n'es donc plus, dit-il, toi de qui l'innocence,
Compagne de tes ans, dût prolonger leur cours !
Tu n'es plus !.... L'Éternel, avare de secours,
N'a point, pour te sauver, déployé sa puissance ;
     Sa dédaigneuse indifférence
A l'Ange de la mort abandonna tes jours ! »

« L'Éternel !...... Et tes chants célébraient ses ouvrages;
Et ta lyre à ses pieds prosternait les mortels;
Et ta voix jusqu'aux cieux lui portait nos hommages,
Et poursuivait l'impie insultant aux autels ! »

« Ah ! que de fois, du Ciel vantant la bienfaisance,
Tu le disais l'appui des talens, des vertus !
Crédule...... A tes accens j'embrassais l'Espérance,
        Et tu n'es plus !...... »

« Et vous que si long-temps charma sa voix sublime,
Amis des vers, pleurez ! De ses pavots glacés
        La Mort a chargé sa victime;
Delille est au tombeau, vos plaisirs sont passés ! »

« Quel autre désormais, observant la Nature,
        Imitant ses beautés,
De ses règnes divers offrira la peinture
        A nos yeux enchantés ? »

« Quel autre, osant suivre sa trace,
Aux plaisirs les plus purs consacrera ses chants,
Et, tendre admirateur des Jardins et des Champs,
Pourra nous dire encore, en vers remplis de grâce,
L'art de les cultiver, l'art de les embellir,
        Et sur-tout celui d'en jouir ? »

« Quel autre de l'Éden chantera l'innocence,
Des Esprits infernaux les honteux attentats,
L'Éternel allumant le feu de la vengeance,
Et des Démons vaincus l'orgueilleuse impuissance
Expiant aux enfers leurs funestes combats ? »

« Quel autre, entreprenant une lutte nouvelle,
Aux accens de Virgile osant unir sa voix,
Redira des héros les antiques exploits,
        D'Ilion la chûte éternelle,
Les malheurs de Priam, les fureurs de Junon,
L'amour, le désespoir, le trépas de Didon,
        Énée aux oracles fidèle,
        Traînant, à travers les dangers,
Et ses Dieux exilés sur des bords étrangers,
Et son Peuple fuyant la terre maternelle,
Et le frêle berceau d'une Ville immortelle ? »

« Quel autre embellira l'Imagination ?
Quel autre, déplorant nos discordes civiles,
Nos champs déserts, chargés des débris de nos villes,
Les malheurs de nos Rois et de la Nation,
Quand le Ciel a chassé la nuit de l'Anarchie,
        Viendra des chants de la Pitié,
        A son réveil, consoler la Patrie,
Qui pleure de ses fils la plus belle moitié ? »

« Hélas ! tant de travaux n'ont pas sauvé Delille !
Ses accens immortels n'ont pas fléchi le Sort !
        Contre le courroux de la Mort
        La Gloire n'ouvre pas d'asile ! »

« Delille a du Trépas éprouvé les rigueurs.
J'ai vu sur son tombeau, combattant de douleurs,
L'Hymen en longs sanglots déplorer son veuvage,
Et l'Amitié muette, interdite, sans pleurs,
D'un silence éloquent emprunter le langage. »

« Là, j'ai vu tous les cœurs de concert attendris;
J'ai vu tous les talens, tous les âges unis,
Déposer leur funèbre hommage;
Et là, l'Orateur de l'État, (1)
Repuisant dans son cœur cette noble éloquence
A qui la douleur même ajoutait plus d'éclat,
Sur des restes sacrés a fait pleurer la France. »

« Et moi, de qui la voix, moins timide en ce jour,
D'un criminel oubli vengea l'Adolescence,
Qui peignis sa douleur, ses regrets, son amour;
O Delille! fidèle à la reconnaissance,
Fidèle à mon serment;
Je viens de ton repos suspendre le silence,
Et pleurer sur ton monument.
J'y viens déposer une lyre
Dont les premiers accords obtinrent ton sourire,
Mais qui, loin de calmer des regrets superflus,
Ne sait plus que redire :
C'en est fait; Delille n'est plus ! »

Il se tait : son front vers la terre
S'incline ; et de nouvelles fleurs
Trois fois sur l'urne funéraire
Vont se mêler avec ses pleurs.

Alors, dans la funèbre enceinte,
Au chant de la prière sainte,

____

(1) M. Regnaud-de-S.-Jean-d'Angely.

Un vieillard charmait son regret.
De l'Adolescent, en secret,
Il avait écouté la plainte ;
Il entend ses nouveaux sanglots ;
Son cœur s'émeut en sa présence ;
Vers lui, d'un pas lent, il s'avance,
Et le console par ces mots :

« Toi qui sur ce tombeau viens épancher ton âme,
Et redire à la Nuit le chant de tes douleurs,
Retiens, ô jeune ami, tes regrets et tes pleurs ;
  Le néant seul les réclame ! »

« Quoi ! DELILLE n'est plus !...... Abjure ton erreur !
Non, l'immortalité n'est pas une chimère !
N'accuse plus le Ciel de haine et de fureur ;
DELILLE vit ! Le ciel l'enviait à la terre :
La tombe fut pour lui la porte du bonheur. »

  « Il vit ! Au céleste rivage
Virgile plein de joie a reçu son rival,
  Milton embrassa son égal,
Racine à son disciple offrit un doux hommage,
Et Voltaire attendri, long-temps contre son cœur,
Dans ses bras caressans serra son successeur. »

« Aux pieds de l'Éternel il a repris sa lyre ;
Les Anges, pour l'entendre, ont cessé leurs concerts ;
Et comme nous jadis, enchantés par ses vers,
  Les peuples du céleste Empire,
Attentifs au souris de la Divinité,
Ont applaudi le chant de l'Immortalité ! »

« Et tu gémis ?...... Plutôt renais à l'alégresse !
Que, plein d'un doux espoir, ton cœur religieux
Par des vœux assidus réclame la tendresse
De l'Immortel nouveau qu'ont accueilli les Cieux ! »

« Là, DELILLE toujours chérit l'Adolescence :
Du Poète naissant fidèle protecteur,
Il éclaire toujours son inexpérience,
Et du feu poétique il embrâse son cœur. »

« Par des honneurs divins saluons sa grandeur !
Dressons-lui des autels, et de pures offrandes
Que nos pieuses mains les chargent chaque jour !
Portons-y des lauriers, couvrons-les de guirlandes,
Et que l'objet de son amour,
Que la rose
Parfume encor l'asile où sa cendre repose. »

« Avant que nous manquions à des devoirs si chers,
Le fleuve révolté, de son tribut liquide
Cessera d'enrichir les mers ;
Se couvrant d'un voile livide,
Le Soleil à la Nuit livrera l'Univers ;
Et du Monde ébranlé par le Temps qui le mine,
Le Chaos renaissant hâtera la ruine. »

« Mais tant que sur la terre, ouvrage de ses mains,
Un Dieu conservateur laissera des humains ;
Tant qu'à la vérité pliant une âme pure ;
Tant que soumis au joug de la raison,

L'homme détestant l'imposture,
Aimera les vertus, la beauté, la nature,
On lira tes écrits, on bénira ton nom ! »

Il dit, et s'éloigne en silence ;
Et l'Adolescent , dans son cœur,
Sentait renaître l'espérance,
Et s'éteindre enfin la douleur.
Cependant, incertain, il soupire......
O prodige ! Du monument
Une voix sortie à l'instant,
S'unit aux accords d'une lyre,
Et redit ces mots solennels :
Consolez-vous ; nous sommes immortels !

L'IMMORTALITÉ.

DITHYRAMBE.

LU AU MONUMENT ÉRIGÉ A M. DELILLE,

LE 4 NOVEMBRE 1813.

« ÉTERNEL Arbitre du monde,
J'étends sur l'univers mon sceptre destructeur,
Et de ma fuite vagabonde
Rien ne peut arrêter l'élan dévastateur.
La Nature fléchit sous mon pouvoir suprême,
Les Astres dans les cieux s'éteignent à ma voix,
La Terre avec fracas croule sur elle-même ;
Et soumis, comme elle, à mes lois,
Les hommes, leurs dieux, leurs ouvrages,
Tout se perd sur mes pas dans l'abîme des âges ! »

D'un tombeau fastueux froissant l'ambition,
Insultant aux débris de sa magnificence,
   L'Ange de la destruction,
  Le Temps ainsi proclamait sa puissance;
Et d'exemples fameux appuyant ses discours,
Le superbe montrait, d'une main triomphante,
Les terribles travaux dont il marquait son cours.
Là, des peuples perdus sous la lave brûlante;
Là, du trône des airs des monts précipités;
Et là, déchue enfin, la Reine des cités,
Dont la poudre cachait la pompe souveraine,
Et dont les vents fougueux balayaient dans la plaine
Les temples, les autels et les divinités.

Tandis qu'il s'applaudit, vers ces lieux en silence
Des chantres des Romains une troupe s'avance :
Horace les conduit...... Il écoute le Temps......
Outré de tant d'orgueil, il accorde sa lyre,
   Et son noble délire
   A redit ces accens :

» Non, tout n'a pas, ô Temps! éprouvé tes ravages!
Tout ne s'écroule point écrasé sous tes pas!
Il est des monumens qui bravent tes outrages,
   Que tu ne détruis pas! »

« Tu renverses l'airain! Ces fières pyramides,
Où l'Égypte cachait le néant de ses rois,
Tremblent en ta présence; et leurs cimes timides
   S'abaissent à-la-fois! »

« Mais ton bras faible encor n'atteint pas nos ouvrages !
Sur eux ta fuite en vain accumule les ans ;
Tu consumes contre eux la foudre et les orages
    En efforts impuissans ! »

« Nous bravons le Trépas ; et sa faulx asservie,
Dans sa fureur en vain nous ouvre le tombeau ;
Elle hâte le jour de l'éternelle Vie,
    Dont il est le berceau ! »

« D'un pas silencieux, au Capitole antique,
La vierge ne suit plus le sacrificateur ;
Mille voix n'en font plus résonner le portique
    D'un chant triomphateur. »

« Et l'univers toujours rend à notre mémoire
Ces hommages pieux, tributs des Immortels :
Et toujours cet encens que réclame leur gloire,
    Fume sur nos autels ! »

« Et toi qui, glorieux d'un triomphe facile,
T'applaudissais, ô Temps ! reconnais tes vainqueurs ;
Fuis, et dans l'avenir, vas, esclave docile,
    Prolonger nos honneurs ! »

Il dit : ses compagnons, à ce divin langage,
Partagent le transport dont il est agité ;
Et, loin des lieux où Rome, au déclin de son âge,
Veuve de sa grandeur, oubliant sa fierté,
Accoutume son front au joug de l'esclavage,
Tous marchent au séjour de l'Immortalité.

Mais quel cortége magnifique,
Caché d'abord à mes regards,
Se rassemble de toutes parts,
Aux accords de la lyre antique?
Là, près du chantre de Sion,
Sont ceux qu'enfanta l'Italie :
Milton, l'orgueil de sa patrie,
Conduit les Muses d'Albion ;
Et plus loin, mais plus grand encore,
Voltaire dirige le chœur
Des Esprits immortels dont la France s'honore,
Et dont il fut l'émule, et souvent le vainqueur.

Vers les parvis sacrés de l'immortel asile,
Une Ombre pâle encore accompagne leurs pas......
Que vois-je? Tour-à-tour et Milton, et Virgile,
Avec émotion la serrent dans leurs bras......
Mon cœur t'a reconnu ! C'est toi, c'est toi, Delille !
Qui, vainqueur du Trépas, et suivant tes rivaux,
Vas recevoir aux Cieux le prix de tes travaux.

Ah ! si les soins de la tendresse
Charment encor ton cœur dans les célestes lieux,
Ombre chère ! sur nous daigne jeter les yeux.
Vois-nous, remplis toujours d'une douce tristesse,
Te suivre au monument où t'appelle l'amour,
Où veillent près de toi les regrets de la France,
Où la Postérité chère à notre Espérance,
Des plus justes honneurs doit te combler un jour !

Mais avant, en ces lieux apportez votre hommage,
Vous qui coulez vos jours au milieu des grandeurs;
Visitez le tombeau du Poète, du Sage;
Venez, ne craignez pas de paraître flatteurs.
Et vous, dont ses pinceaux ont retracé l'image,
Hommes des champs, venez! que vos mains aujourd'hui
Jettent des fleurs, ces fleurs emblêmes d'innocence,
Aussi simples que vous, aussi pures que lui!
Et vous, de qui ses chants charmaient l'adolescence,
Égayaient les travaux, occupaient les loisirs,
Ah! révérez encor l'auteur de vos plaisirs;
Venez, il n'est point sourd à la reconnaissance!

Cependant approchez, ▆▆▆▆, vous de qui l'amitié
De plaisirs si nombreux sema long-temps sa vie;
Vous qu'il aimait surtout, vous, sa tendre moitié,
Et vous, aimables sœurs d'une épouse chérie,
Vous qui ne regrettez que les soins assidus
Que demandait DELILLE, et qu'il ne reçoit plus!

Approchez, mais enfin que d'inutiles larmes,
De sa félicité n'altèrent plus les charmes!
Gémissons sur la tombe où l'homme est tout entier!
Mais descendu des Cieux, quand la terre attendrie
A goûté de ses chants la divine harmonie,
DELILLE ne meurt pas; il va s'associer
Aux habitans du Ciel, sa première patrie.

Sur les bords Phrygiens, telle on vit autrefois,
Sous les traits d'un mortel, une illustre Déesse

Former à la vertu le descendant des rois :
Mais quand de son disciple, au joug de la sagesse,
Par ses soins généreux elle a plié le cœur,
    La Divinité se révèle,
    Minerve revêt sa grandeur,
Et les Cieux à l'instant s'ouvrent à l'immortelle !

FIN.

* 9 7 8 2 0 1 3 0 3 0 6 7 0 *